尘世之恋

邓泽良 著

长江出版传媒　长江文艺出版社

图书在版编目（CIP）数据

尘世之恋 / 邓泽良著. -- 武汉 ： 长江文艺出版社，
2025. 2. -- ISBN 978-7-5702-3909-2

Ⅰ．I227

中国国家版本馆 CIP 数据核字第 202512M0K8 号

尘世之恋

CHENSHI ZHILIAN

责任编辑：王成晨　　　　　　　责任校对：程华清
封面设计：李　鑫　　　　　　　责任印制：邱　莉　王光兴

出版：长江出版传媒　长江文艺出版社
地址：武汉市雄楚大街 268 号　　　　邮编：430070
发行：长江文艺出版社
http://www.cjlap.com
印刷：湖北新华印务有限公司

开本：880 毫米×1230 毫米　　1/32　　　印张：8.625
版次：2025 年 2 月第 1 版　　　　2025 年 2 月第 1 次印刷
行数：5386 行

定价：42.00 元

目　录

第六辑 惜别春光

第一辑

都市漂泊

窗　外

都市
窗外楼下
车流如织
却万籁俱寂

此刻
你从厚重故纸堆抬首
没什么两样
桨声划过书页
一叶扁舟漂泊古渡

蒙蒙细雨中
我从另一个世纪走来
你还在一个安宁的灯下
等待梦中约见的人吧

高　处

这个世界够热闹了
一街的车和喇叭声
但你仍能聆听自己心跳
覆盖了这车流的大道

我站在天穹下
设想这是一座空山
若站在山顶上
会看到很远很远

当我们回到温馨的家
在安宁的灯光笼罩下
坐在一张从前的课桌前
才看清自己吐出的
那一棵草的生命的气息

你脱去了精神萎靡的外套
被压缩禁锢的脑洞洞开

来往深圳街区

来也匆匆　去也匆匆
时光在你的脚下
又在他的脚下疯转

须假日
走进微缩景观
借手机闪光
凯旋门下摄影
世界之窗的格局小了

地铁
一张地图上编织的网
打通一个区号与另一个区号
阻隔　频繁交结
一个时代

海风漫步
走近深圳大学城　深圳硅谷
初升的红日映照大海
映照一张张年轻的面孔

寓住都市

入住都市
某建筑老旧的街区
粉刷一新的楼墙上
白炽霓虹灯闪闪烁烁

4 楼的城市营地
有俱乐部　围炉茶艺
韩烤日料　直播基地
团建年会

我住 5 楼　6 楼沐足
K 歌　各式聚餐
派对　人来人往
川流不息

我每天奔波的"上班"大厦
矗立城市边缘处的图书馆
一个动　一个静
在公寓的电梯交错而过

告别吵嚷的都市场所
你躲进公寓一隅

如潮涨潮落的大海边
钻入一枚小小的贝壳

楼上传来咚咚鼓乐
企图瓦解你的郁闷
却不见千里之遥
那一座千年雪山

漂　泊

从小城市到大都市
从小岛游向大海
灵魂的漂泊
无根的树苗
小小的心
忽然遇到放大镜
每一根神经变得敏感
许多平常事感慨万端

漂流在闹市的人海
漂流在陌生的码头
漂流在心无法
安放的土地

这是一个漂流瓶
往事锁在瓶中
若被人随意打开
会释放一个魔鬼

一只小蜗牛

在公交站台等车
发现粗大挺拔的椰树下
一只蜗牛在草皮中
躲躲闪闪

无意间低头近前
察看弱小躯体背着
沉重的蜗壳
缓缓移行

小小蜗牛
大地上缓慢的爬行者
走到哪都携带着
此生唯一的住宅

随家迁徙的人
却不能俯身低处
像自然界的弱者
背着家乡唯一的住宅
到处漂流　四海为家

清晨醒来

醒来的第一感觉
伸向身边的手机
妻子也是手机控
顺便看看视频与微信

新的一天从手机弹出
你的生活涂抹冷色调
草青色的小资情调
涂抹一层层薄纸片上

一本过于厚重的书
曾使我望而生厌
我在等待和疑惑中
翻开第一页苦读

我翻开第一页
进入人生的快车道
离开尘世的人
合上了这本书

孤独是种享受

随迁大都市的你
几千万人口你一个不识
在家无聊的时候
关窗闭门甩手而去
走进人满为患的地铁
在地铁车厢领一张站票
让飞速前行的颤动的刺激
抚慰你一颗寂寞的心
孤独是种享受
也是种麻醉
你选择的终点站
是一座难求的图书馆
你领一张站票
于鳞次栉比书柜前
顺手抽出一册书
填写心上的空白

好　觉

睡一个好觉　醒来
白光普照大地
世界向你敞开
一种伟岸情怀
死亡的战栗暂时退却

你不再写遁世的诗
让阴暗的心理见鬼
像一只萎缩的老鼠
躲入犄角旮旯

远方是一个人
远方有瑰丽的景色
远方有你曾经、至今一直
幻想过的美好国度

远方，远方
远方的路其实一直就在
你的脚下

秘　密

住在城中村
蜗居一小间房
每天清晨推开窗户
引进新鲜空气
对脸的窗
早是敞开的

窗台上
搁着素净的两盆花
一盆开红花
一盆开白花

犹如对面的两个人
心照不宣
各自保守着
同一个秘密

蚂　蚁

一个人在大地上寻找
他蹲在路边仔细观察
发现一只蚂蚁的爬行
它大概是掉队了

对于渺小的生命
这似乎是一次有意思的旅行
在一个巨人的注视和威胁下
慌不择路
在小草的丛林中奔逃
跌跌撞撞
绕过锐利的片石

在一株粗大的树下徘徊
晕头转向
然后毫不犹豫
沿着陡峭光滑的树干
竭力向上攀爬

你　早

每一双轻轻捂着"呵欠"的
小手
你早，每一双揉着睡眼
惺忪的刚刚睁开的
眼睛

你早
每一个经历风吹雨打
后阳光明媚空气清新的早晨
你早
黎明或昨夜的清洁工
打扮一新的洁净的街道

你早
美梦中刚醒的城市
建筑工地高高扬起长臂
机械
又在窗前"轧轧"吵闹了

啊！
你早
当你端来孩子

喜笑颜开的点心
你为新的一天特地准备的早餐

傍　晚

跟着逶迤的养生队列
陆陆续续来到园林
不远又随风传来
阵阵带节奏的音响

公园碧绿的湖水上
四方木制亭子内似乎
还是这几天已经领略过
那个不太成熟的歌者

你随着音响的旋律
"哈"了又一个晚上
怎么听来听去　最后还是这句
"真的好难——"
记住啦

公园一角

公园偏北的一角
覆一片小树荫
一块硕大的卵石
卧在幽径之侧

一对年轻的恋人
携手行至这里
将屁股压在上面
娓娓而谈　亲密无间

他们并不知晓
昨日也有两个人
在此卵石上休憩
然后不欢而散

迁　徙

我们不能不死
我们不能不活
活是我们生在世上
唯一的权利与享受

平生履历不同的段落
少不了纠结的人与事
每一处险境或坦途
不会永久困囿和逗留

曾幽灵一般佝偻
内地一座四面环山
古朴老城　向往车流
如涌人流如注繁华都市

如今独立喧嚣海滩
新鲜南风扑面阵阵
有人把酒御风畅饮
有人突然掩面抽身离去

打　包

在高楼林立
生活拥挤的繁华都市
豪华小车停满路边

行色匆匆的上班人
偶尔闪过的目光中
某位妇女或某位老人
佝屈并列大垃圾箱旁
拨拉　翻弄　甄别
寻寻觅觅

这也是都市生活的某种
正如我们每天从住宅中
将生活打包垃圾袋
然后尽可能不留痕迹

不露破绽
整齐踏实　一丝不苟

图书馆感怀

走进都市一图书馆大楼
沉默于一群沉默的读者

精装与平装
著名与无名
一摞摞书砖
垒满书架上

外国与中国
古典与现代
酒香巷子深
乱花迷人眼

大森林迷途的羔羊
琳琅满目的珠贝
期待你慧眼识珠
在浩瀚的知识大海
伸手是个陌生人

作茧自缚

有时诗人要独自
投入大街人流中
万头攒动的地铁　商超
领略寂寥的意境
感受孤独的氛围

在喧嚣的城市
写诗使你平静
在熙攘行人中
诗人并不孤单

阅读的时候
我更喜欢吐一些丝
把斗室
作成茧缚住自己
享受孤独的快乐

节日的早晨

像往日一样醒来
拿过床头留宿一夜的手机
翻阅那些零乱的记忆
有人发来祝节的图标
呵，又逢佳节来临
倍思乡　费思量
向几个群回礼示意
心头节日气氛渐浓
没有欣喜　新鲜
带点淡淡的感伤
岁月又翻过浓重的一页
生活始终如一　轻描淡写
今后与过去有何不同
我苦苦思索追问一生
重要命题没有答案
在屋内我想学一嗡嘤的蚊
如何从窗缝飞出
昨夜它吸了我的血
骚扰了我的睡眠
我却无法捉住它

学会独处

人惧孤独　连一朵花也一样
大地除了绿野鲜花　蓝天
是匍匐地球人希望所在
自小心理脆弱　不愿离家
城市到处竖起高楼大厦
缺这角蓝天　令人窒息

但我喜欢在人丛中
步入孤独的情景
喜欢闹市往来穿梭
一个人冥想的感觉

在都市地铁公交
匆忙上下的人群
也沉湎独往独来
尤其手机普及时代
人们喜欢借助触摸屏
与虚拟的世界交往

从闹市拐入一角寂静
有来世今生更美的故事

第二辑

深圳印象

潮　汐

从深圳北到广州东站
广州地铁 1 号线到广佛线
佛山地铁 2 号线到广州南
广州南站又到深圳北站
再到深圳地铁 4 号线
高铁　地铁
地铁　高铁串起了
珠三角大湾区交通网
发展的高速　高速的发展
涌动着人头涌动着潮汐
就如一条河通向无数条河
一如大海掀动波涛声声

"之"字

出地铁上高铁车站
有时要拐几个大弯
走几个"之"字
地铁与高铁连通
需要拉链　纽扣
上上下下阶梯连接
那背包的老人携幼
手提拉着行李箱
正与安检撞个满怀

深圳印象

没有内陆
四季分明的感觉
夏季变得漫长热烈
常与春秋二季
混为一谈
严寒的冬天几乎缺席
或只是一两次寒潮而已

冬装在深圳似鸡肋
显得累赘
欲罢不能
棉被　保暖杯
占据有效空间
弃之可惜

花开四季
人人手留余香
愁的是店家
挤占了纸花的市场
香露水的商机

盛　夏

你避入图书馆
躲在中央空调阴凉下
看身边阅读的年轻一代
孜孜不倦啃着教科书
自然科学文史哲学
经济学会计学金融学
不止羡慕且是同情

在书中盘桓一辈子
图书馆是老友
也是你的精神家园
是今世情人
结下不解之缘
窗外知了声嘶力竭
令人想到五百年前
一个人走进夏日竹林中

香蜜公园

花的海洋
四季如春
香喷喷的空气
甜蜜蜜的生活

一个女孩
挣开两旁拉着的手
追蜂捉蝶
飞进花草地

一对恋人牵手
款款移步
花丛一侧
新设的婚姻登记处

也有年轻人
搀扶着颤巍巍的老耆
在时光里遨游
在生死之间徘徊

超　市

如今，超市
薄膜塑料袋太多
它将不同的商品
隔离，层层包装
方便电子秤打价

收银员
重复简单的动作
千篇一律
脸上映着枯燥数字
也似蒙一层薄膜

真不希望
琳琅满目的商品
被越来越多包装
拉远距离
带来白色的污染

都市一瞥

在繁华的大都市
你照样常常看到
那些孤独的行人
他在川流不息的大道
他在稍嫌冷清的公园

为什么人在闹世
也喜欢单身一人独处
升起无限的憧憬
沉浸往事的回忆
不能自拔

你惶惑　忧郁
在寂静的桉树下
望着无风的天幕
一动不动的白云
仿佛经历人世间
伟大而庄严的一刻

节　日

霓虹闪烁
人声嘈杂的夜市
移动着广告大屏下
一副冷漠的表情

节日
礼花四溅
火焰在尽情燃烧
每个人都有锋芒毕露时

在众多陌生的面孔背后
你选择藏匿自己诚实
智慧的人生
沉寂在繁华散尽的夜空

节日最后一天
图书馆仍人满为患
闭馆撵出读者络绎不绝
能否计算假期多少读者
埋首苦读　孜孜不倦

跟随人群趋近小树林边

旁听一个人吊着嗓子
唱俗不可耐流行歌曲
围了里三层外三层

钻出小树林透口气
立于空旷天宇下
仰望星星们舞蹈
细闻吱叽的虫鸣

客居深圳龙华

踅进附近休闲的小公园
一泓绿水上折曲的石桥
游园人群椅无虚座
倚靠桥侧石栏闲聊
已是盛夏仍清风徐徐
游者好不惬意忘归

水上亭间九位歌者
紧随音响弹起敞亮音乐
时而随风送来一阵阵
带节奏的流行歌曲
整座园林尽收眼底
草木与人间和睦相处

果　蔬

在集市
我温情注视
一茬茬带水的果蔬
鲜活　多姿多彩
绿色　养眼
是它们滋养城区居民
略嫌枯燥的肌肤
干裂的嘴唇

每日早晚熙熙攘攘
壅塞的街市
需要呼吸原野清新空气
引来甘泉活水
浇灌板结的水泥
湿润我们龟裂的心田
葱翠欲滴的果蔬
你是城市一隅
不可或缺的绿地

龙华图书馆

走近深圳僻静所在
年资尚浅的区图书馆
感慨其楼层阔绰　大气

这并非家住地级市的我
一进去肃然起敬的情由
我羡慕的远非建筑本身
也非在藏书量　琳琅满目
各式新书　令人叹为观止
新知识承载体

问题远不在此
远在宏大气派实力雄厚上
座无虚席的青春活力
和相互辉映的阅读氛围
在这里沉淀更多宝贵时间
的众多读者或学人
才是这座图书馆真正的
建构者与主人

深圳地铁

地铁的经线和纬线
给城市不断扩张的区域
编织一张快捷的地下交通网
可在这海滨城市常在空中
搭起繁忙的风景线往来呈现

地铁如一支支绷紧而强
有力的弓一遍遍提拉高音阶
快节奏的大提琴弦乐车厢内
回家的劳动人群或立正或稍息
此刻懒得张嘴恬静如休止符

唯一个个铃音迥异的手机
仍时不时在相互挤眉弄眼
无限的空间压缩在人们内心
时光被中转的站台和距离切割
地铁似一艘庞大的潜艇

在激荡的城市里劈波斩浪
各个街区的乘客会聚起来
驶往下一处灿烂崭新的天地

仰望莲花山

莲花山坐落
新兴的大都市深圳
距市民中心不远处
每天吸引成群结队
或三五成群
的远近来人
他们攀爬的背影
演绎一个动人的情景

置身楼群广厦簇拥中
瞻仰一个伟人的铜像
屹立宽阔的山头
你大步流星
橐橐的跫音
响彻千山万水
耳畔狂奔野马的风

此刻却不知何缘故
有人花草丛中溅泪不止
我确信一定是什么往事
触动春天那颗葳蕤的灵魂

车过虎门

我在一方断壁残垣
找到与你灵魂
一时共鸣的象征

那些慕名而来的游人
开着各式名牌的轿车
只作短暂的停留

高速公路匆匆地过来
我们都是匆匆的过客
唯有你英名不朽

在苍穹下屹立不倒
白云悠悠
千载流逝

偌大的都市

有时我无法找到立身之地
何况称心如意的工作
壅塞蠕动的车与人
到处闪烁耀眼的灯光
希望和失望，快慰与感伤
我无数次直面生人
目光的对视和探寻中
询问远方的道路和出口
白昼与夜晚，孤独的
灵魂在永恒的尘世
默默吟诵苦恋的诗
无数次走过曲折
的回廊人影稀疏
谁在公园湖畔留下聒噪
生疏而又难听的歌声

路　过

人们往来的街市
路边休闲的靠椅上
憩息的一对老者
羡慕的眼光投向
一对偶尔路过
快言快语的年轻人
他们富有动感的
走姿　弹性的肉身
像鲜花一样绽开

此时面前几丈处
绿茵茵的草坪上
这对老人的孙辈
正用优雅的童稚
演唱一段小歌舞
天真活泼的气息
令即将分手的恋人
也不禁频频回眸
叹惋时光易逝
韶华不再

卫　士

在城市街道各个角落
一列列垃圾箱
穿上各色不起眼制服
城市保卫战争
就此打响

庞大的队伍背后
正规军与志愿者
城市的垃圾处理站
犹如一个人的侧影
在阳光折射下
衬出路人整洁的仪容

假如有人建议
市长
请以一瓶矿泉水的名义
向烈日下汗如雨注的
卫士授勋

俯　瞰

站在摩天大楼
听不见谷底
众生的喧嚣
万头攒动的街道
无声地推搡着
一座城市的前行

又一片寂寞街区
哗的一下点亮
夜晚的门窗洞开
锅碗瓢盆交响乐
一幕幕隐秘阵线
上演言情剧苦情剧

一座大城市
是一艘无比巨大的航母
岁月的远方　大雾弥漫

芸芸众生

原野芳草茂盛
城市众生喧哗
大迁徙时代的新住民
暂栖都市某新村
工作日早九晚五
蜗居别人家产中

月租是你菲薄收入
最可观的一笔奉献
活着并不十分艰难
除非你硬要比别人
多份自由与理想

大都市芸芸众生
内心慌张呼吸急促
四处滋长机会
也埋伏陷阱
急需一颗坚硬的心
一双鹰隼的翅膀与眼

请你喝一杯咖啡

朋友进来吧，喝一杯咖啡
面对这句招徕客人的话
编排得天衣无缝
令人感怀伤神

是没有机缘巧合吧
还是根本就无法相识
那些故事中的邂逅
影剧奇遇总是站在门口

我等待你已经很久很久
在人生漫漫长途中
我们相向而行
却始终未曾谋面

你我总是行色匆匆
在这个充满陌生人
的夜都市，深圳
谁都渴望与人交流

渴望邂逅一个故人
成为奇妙世界

知己一时的我
在咖啡馆门前徘徊

远处街角嘭嘭嘭
传来阵阵摇滚乐
又引颈向里面瞧了瞧
最终没有勇气踅进去

园林漫步

见有人坐在亭间闲聊
也有人站在竖立的
手机屏前手舞足蹈
演唱机械的流行歌词

不时有人越过你们身边
那对恋人无视你们
招摇经过你的眼帘
勾起一段莫名的错觉

岁月重现放映美好一刻
影像渐渐从身旁走远了
你仍在竖起双耳倾听
听不清他们窃窃私语什么

有　时

往往
那些来自
网络视频中的
傅粉施朱的俊男美女

一大堆矫揉造作
的假装理性的话语
未必能唤起一个人
真实的感受和共鸣

反倒是路边草坪上
一个弯腰拾球的孩子
和靠在石椅上休憩的老人
唤起行人一缕宁馨的诗意

那质朴的词星星点点
播撒草坪不起眼的鲜花
在寂寞无聊的日子
邂逅古书中的故人

倏忽即逝的时光
吸引我们在诗行中
蜇入明月的天空

献歌者

深圳少年宫不远
我看见四人的小乐队
一黝黑壮汉扶着吉他
自弹自唱自娱自乐

俩细高个斜背电琴
时而夹在两旁伴奏
此时一个瘦小个子
充当自荐的击鼓手

午后烈日照进道旁
小树稀疏的草坪
几个走出餐馆的游人
变成临时的听众

声嘶力竭的歌者
一支接一支唱着
谙熟的流行歌曲
不一会已汗流浃背

老弱妇孺聚拢圈子
几个年轻人最先扫码

歌手歌唱的间歇
不忘低声说句谢谢

魂牵大梅沙

多年前来自内陆的我们
长途车绕行两天一夜
扑向海边金色的沙滩
欢呼雀跃海无边无涯
宽容　辉煌　永恒

身旁爱人不为所动
我低首问她有何感触
她说极远海面一面帆
那么小那么小　看得很吃力
啊，我也尽力伸长酸涩的目光

我似乎看到了什么
又似乎什么都未见
我双手搭在额前遮挡强烈阳光
饶有兴致眺望可能的彼岸
也许知道此生永远不能抵达

灵魂躁动不安，海
让一粒最小的沙大而化之
灵魂在海水中洗濯
童年　青年　老年

幻想四处漂泊

幻想所有不可能的事

在这世上寻觅好人

美景　奇迹

不排斥热闹　更喜爱寂寥

心情开放而美好

一个人孤独时写诗

或清高　渺小

一个人可以富贵　贫穷

但灵魂在海水中洗净

港　口

这个前海的港口
堆垛许多集装箱
缄默等待启程

人不是集装箱
他们和她们的孩子
在相互招手　欢呼

海边的蓝天
异常宽阔
挂一张明媚笑靥

海鸥尖叫着拥抱浪花
多少世纪过去
依然如初

大隐于市

这几千万人的大都市
除了家人几个
不知你还认识谁
又有谁晓得你

便是放之古代
可以奉为知音的两人
冥冥中你们迎面相逢
不也互相擦肩而过

一几千万分之一的孤独者
与另一几千万分之一的独行者
倘使你们互为知音
互称灵魂的伴侣
又永远踟蹰陌路
直至无限远的天尽头
仍如两条平行的街道

致沉默者

沉默的人
我不知道你的名字
也猜不出你的心事
但我每天都听到
你有一副嘹亮的嗓音

非常宽广　非常动听
尤其在夜深人静
你双腿走出门
在灿烂的星光下
开始动情地歌唱

有时你一个人　有时一群
来到波涛汹涌大海
或高耸云端危崖
你放声唱一支恋歌
音乐随风传得很远
传到另一个人的世纪

五一逛深圳动物园

五一节中午
趁休假的儿子驱车
一家人奔赴动物园
搭上园内小火车
首先抵达百兽园

没想到猛兽园
老虎狮子们
数量如此众多
回望整个动物园内
发现人才是最多的动物

而仅有两只的珍稀动物
国人为之骄傲的大熊猫
正在笼中酣酣大睡
两只屁股朝向人群
一如窥见别个隐私

熙熙攘攘海豚馆
外国跳水员与
金发碧眼美人鱼
正与海狮一同表演

同台竞技

白犀牛无比巨大
不知是否会输给
智者绒猴的渺小
贸然闯进一片暗室中
但见无数魔女水母白发飘飘

几只笨拙的大象像是
被扔在荒郊没妈呵护
满身淤泥的脏孩子
袋鼠怀里没有宝宝
也无法给小孙女讲清

城市之夜

常常，只在草坪乘凉
我们才有闲心抬头
往浩瀚的宇宙寻觅星辰
但我们少有看到
小时候的满天繁星
一片璀璨礼花的绽放

皓月当空
星辰黯淡稀少
百无聊赖的我们
恐无兴致调侃着
嫦娥奔月、牛郎织女
隔河相会的传说

一个孩子
牵着妈妈的手
发出一声尖叫
妈妈，你看天上
移动闪烁
是不是几颗流星
是无人机盘旋在航拍我们

大　海

多少年过去
我来到这个海湾
竟然发现
这曾是我很久前到过的地方

这个世界
有这么多比我年少的人
可我明明看见
多年前的她
人群中站出来

我犹豫着没过去
我知道这座遍布年轻足迹
的新兴大都市
找一个步履蹒跚的老人
十分艰难

但我从未见过大海
记得小时读过一本
外国诗集《在大海边》
曾令我心驰神往

原来我向往的
不是真的大海
而是大海的影子
是一种虚幻的理想
一辈子无法抵达

如今
我已在这海滨城市很久了
我确信她就在这里
某处阴郁而快乐地活着

飞越凡间

飞机的轰鸣牵着我的耳朵
掠过城市街区楼群上空
此刻我抬起伏案的头
隐没在千万地上的人影中

我在突发奇想　飞机上
的一位乘客是否在云端
俯瞰大地　浮想联翩
是否更真切体悟如上苍
蔑视或怜悯凡间万物

我从没高高在上
我其实不知道一个人
首次飞越一个有千万
人口大都市的隐秘心思
飞越江湖河海与原野
乡村有无区分

第三辑

活在当下

写　诗

黑夜醒着的时候
光明入睡了

孩子诞生
老人去世

花谢了
门开了

一片叶子坠落
一只鸟翱翔天空

大海咆哮
内心十分平静

一个人的忧伤
带给一个人的快乐

我写一首诗
孤独站在对面

无名小花

小路尽头
点缀些细小的花朵
颜色各异
开在最不起眼处
夹杂在低矮的草丛中
没人知道叫什么名字

偶然
与友人散步时
低头沉思的你发现了它们
也许这就是所谓无名小花
你对世间万物喜欢琢磨
没话找话说

人在顶无聊时
忽然闯入它们寂寞的世界
眼前忽然一亮
原来这就是我们一直以来
熟视无睹的小花

中秋佳节

浩瀚天宇叶落云端
一轮皓月当空移行
飘逸洒脱而又亲切

曾经记得儿时祭月
祖父名下好几家人
济济一堂　掰开
瓣瓣甜柚叠起月饼

童声齐唱对月儿歌
月亮公公
你把眼睛还我
我把草鞋还你

仰望圆月
望见远方的亲人
也看见天堂的亲人

当时光老去

繁华散尽　陌生的城市街头
汹涌全是陌路人
童年的伙伴一一消逝
路上不再有人偶尔点头交谈
唯有一人频频回眸相望
伸出双手搀扶着你

当时光老去　儿孙早成家立业
亲朋好友背离　道路似无尽头
替你们送走喧嚣　寂寞　孤独
与忧伤　辛苦的汗　辛酸的泪
有一个你最在乎的人陪伴身边
你们相望满目沧桑的脸

当时光老去　脸上的皱纹交织
带走美好青春的记忆
面对华发
回忆曾经有过的满头青丝
恋人姣好容貌　细腻肌肤

最后的时光　你们挥手告别
在弥留之际

抚慰一颗破碎的心
梦中回忆初恋　温馨的时刻

当时光老去
周遭填埋暮年的尘土
你们复活　一道回忆
最初一次邂逅遗漏的词语
年轻恋爱时每个细节
最初的误会　失落与欢笑

活在当下

我们乘坐的星球
在日月的大海中穿行
永不停息

地球人同舟共济
向未来文明推进
向富裕和光明继续推进
除了上帝谁也无法阻拦

活在当下
你不能跨越百年沧桑
与无情流逝的时光
赋予每位基因承载的寿命
你连一天也无法拖延

但进化提醒我们
年轻注定比年老幸运
未来人注定比今人聪明
百年而后再欢呼雀跃
那个更卓越和理智的时代
那些更美好欢悦的岁月

鸟　枪

一生一世
我们总在幻想着
如何在这些跳跃的叶片上
捕捉阳光的奇妙碎片
有一天我坐在公园长椅上
面对一片宁静的湖发呆
对我躁动的内心施以
安慰和救赎

你有过人世最美好的记忆
也有过失去的爱恋与不幸
这世上还有什么未曾经历
值得一生苦苦追寻
这生活之水　这幸福之光
还有什么舍不得的
所有的荣耀终将逝去

一阵妖风从我背后竹林
袭来　枪声响
我无法自持
打一个寒噤

月色溶溶

浮生若梦
有时令人感到神志恍惚
岁月是永生不老的
灵魂在夜空中飞

我和李白
和远古的一个人交流
让月光沐浴着全部的身心

月色溶溶
像福尔马林
浸泡着亘古不变的岁月

你和从前一朵花
一棵草　一个人
站在同一片月光下
感受着他们的爱
忧郁与不幸

清泉石上流

当初我追问你
古人创造的意境
究竟离我们有多远
那时山中泉水的声音
在我俩耳畔滴答
叮咚

你自嘲
打着节拍手舞足蹈
恐怕我们心境
尚未苍老至此
像一位抚琴吟哦于
苍松翠柏间的唐朝居士罢

一去经年
浑然不觉春光转瞬即逝
意气用事的人啊
曾经以年轻自诩
还有多少可怜的时光
需要攥紧

活　着

父母把你生下来
没有选择的自由

活着，没有一个人是容易的
况且，活着的最后目标
最终的意义
只有一个：死亡

如果没有死亡
人活着会轻松很多
有人除了追逐快乐
就是尽情享受

但死亡使一切戛然而止
活着的意义归零
失去现世存在的任何目的

活着有意义
但最终无意义

拾 贝

白日依依
咸腥的海风阵阵
我们在大海边拾贝
一枚似乎总是比
一枚更好看

万道绚烂的霞光
不知不觉擦肩而过
我偶然回过头
发现你盯着落日
一动不动的眼眸

我知道
你此刻又在想
告诉我一句什么
不禁黯然伤神
海鸥飞远，暮色渐深

绿 裙

二十几的好年华
有个同事喜欢调侃
总爱说身段窈窕的你
穿件墨绿的长裙臭美
莫非模仿明星中某位

却不知是你我
同窗数载收到的
唯一一件生日礼物
别人不知你还不知
俗话说红花配绿叶
另有一件粉色短衣

生性羞涩内敛的你
此生只穿过半日
如今锁在记忆柜底
与红颜一同老去

大雨初霁

那晚
滂沱大雨初霁
犹有细雨沥沥淅淅
这城区刚造的新园
平日的游客未现

入园的两双足音
划破凝固的空气清新
漫漫人生长途中
只作短暂的一刻逗留
犹如昨日刚刚发生

倘若
你是雨后初晴
跃上天幕那道彩虹
我就是伫立天宇下
一个惊慌失措的孩子

假如你是园中小径
扶摇着洒落细小雨珠的
一束束花卉
我噘着的嘴哼着小曲
弄响一截截潇洒哨音

乳　石

列满乳石的大厅
热情奔放的舞蹈
戛然中止的乐曲
许多生硬笨拙的想象
企图挣脱你比喻的翅膀

说话唠叨的游客
请你保持片刻宁静
伸出细柔的手掌
触摸乳石粗糙的皮
一滴　一滴

一滴　一滴
你能触到
时光坚硬的外壳
你能聆听
岁月流逝的心跳

那晚没有月光

嵌在远天的星
仿佛宣纸上洇一点白
近处，草木葳蕤
雾气氤氲

雨后时光若浸泡水中
发出滴滴答答的声响
树荫下条凳上一双
神仙的人间伴侣

嘤嘤细语，含混不清
良辰美景不知所云
微风扶摇低垂树枝
叶尖拂在脸上

坠落的那滴残雨
恰好落在千里之外
在干涩的唇上
轻轻一吻也是甜的

夏日黄昏

南风徐来
道路上移动的人影
梦里依稀
萤火虫明明灭灭
荒原上阴森　寂静

没有什么比茫茫时空
的记忆深邃　永久
擎着火把
穿越天国之路
一阵凉爽的仙风袭来

你盛开的裙子
堪比大地上
任何一朵美艳鲜花

挥 手

我的目光从树冠伸出
伸向远山的一个点
转瞬间不见你的影子
撕一片云彩
挥挥手

许多年后
小树长高了
看见你亲切的面孔
倏地转过身来
映着璀璨的霞光

沿着江心岛上的小路
走了一圈又一圈
丢下的话语让船载走
葱郁了这片河滩　这座小岛

两个内心丰富的人
没有更多的话可说了
让江水说声再见
叮咚

抑郁症见鬼去吧

让不顺心的往事
抛向九霄云外
忧郁不是一个诗人
最佳的创作状态

我们是迷途的羔羊
更是爱人身边的孩子
愈是年老却越是
活得忠诚真实
越是天真无邪

生命中总有时候
失去意义和目标追求
脑子变得一片空白
在幸福的日子里
远离了欲望和利诱

时光若一支利箭
射向遥远的终点
这世间奔波的
每个人走着走着
都会在路的尽头相遇

晚 风

傍着河滨
柳絮飘拂的惬意
一闪一闪

流连忘返的粼粼江水
你握紧的手指有时放松
像含苞待放的蓓蕾

一滴露珠般晶莹的泪水
依然挂在眼角细长睫毛边
这是一张张永远值得珍藏
尚未及冲洗的初恋的风景
照片

这些人世间隐匿
温馨的时日与我们
如影相伴　那新鲜
滴翠的感觉和时刻
总在绽放的花间逗留

日出日落

在大城市生活的人
看不到日出的壮观
也感觉不出日落的惆怅
文人般多愁善感

总是在华灯初上的时候
才觉察天色已晚
在他们多数日常记忆里
只有日光与灯光的交错变化
日出日落是古老的农耕时代
的景致
至于数星星望月亮
更是有闲者奢侈的消费

日落在内心的海里
黑暗才是最深的
无法承受之黑
来自深渊的黑是最绝望的黑

第四辑

人在旅途

同　行

那年　原是一次普通出行
阳春四月气温骤降
民谚谓之“倒春寒”
一夜吹开玉树银花

没有花香　没有鸟语
奇异的冰雪世界
给了同行一个
赞叹大自然的借口

洁白的雪飘飘洒洒
不想错过这个隐喻
证明与这个女人的约会
仍然葆有天真无邪的纯洁

罕见的大雪
覆盖了大山
封锁了道路
为两行迷途的脚印
指引了一段浪漫的归程

隧　道

长途列车
一次枯燥旅行
你把手机
变成了
悦享时光的儿童玩具

手机绑定的微信
短信　语音　视频
应接不暇
手机绑定支付宝
京东　淘宝　拼多多
搔首弄姿

一个数里长的隧道
一不小心
猝然关闭了
与数千里外一个人
刚建立的
网恋热线

人在旅途

清新的早晨
雾霭初散的山野
一位同车的游伴
推开了上锁的心扉
他在低声哼一支
人们熟悉的老歌

口上抹蜜的漂亮女导游
忽儿中止景区路径的描述
忙着将新的一款款美食推销
塞进旅人嘴巴与
几个鼓囊的旅行包

恋爱中的一对年轻人
毫不避讳说着千篇一律的情话
匆忙而来匆忙离去

我独自望着窗外
这种纤巧的鸟我在动物园见过
只是没有撞见它在山间树丛
叽叽喳喳　自由飞翔与歌唱

张家界

张家界的山
与黄山两种格调
两种画风

后者推崇古典主义
犹如一幅幅无须画师临摹
天然俗成的中国山水墨画

而前者　走进张家界的山
俨如一幅幅现代派油画
扑面而来

黄山钟秀神奇
一如唐诗
张家界峭拔奇崛
一如宋词

行至天门山　上天疑无路
令人揪心的悬崖绝壁
望而眩晕　禁不住
诱惑的几个青春生命
跨出围栏

游江南古镇

深深深几许
的古老庭院
余有大家闺秀
或小家碧玉的倩影

离世的小姐
年方二八
当年独守空房
每日倚窗

古筝　洞箫
是忧郁的留恋
怀念的安抚
僵硬的词并不能
束缚柔软的翅膀

有时那欢快的歌词
脱落的音符
也能使人潸然泪下
仰望天空飞鸟
一脚跨出了池边栏杆

敦煌壁画

谁在千里之外
飞往敦煌之旷远
仰望脱色的壁画
仰望古老的夜空
画师能工巧匠们
生在艰难时世
空有旷世奇才
也是一种宿命

但你们无须怜悯
我也羡慕各位
默默无闻的平民
躲避了战乱
远离了人世灾祸
传承了不朽技艺
刷下了长存浩气

而今被双双巧手
古老壁画抹去
一层一层的谜底
斑驳脱落
又有谁个知晓

鼓浪屿

曾经你是一朵大海中奇葩
被谁的手搁置在中国海边
绽放在我初次看见海的梦中
现如今朋友再三邀约
我却婉言相拒
不愿二次游历
宁可站在远处怀想　眺望
仿佛留给别一个世代的仙境

想起西湖

年轻时便与人
兴趣满满
去畅游过几天

断桥人稀　三潭印月
如今　多少年过去
多少春日　夏夜
更替轮回
早断了重游的兴致

除了偶尔的回眸
不为别的
只为了不再回到
年轻的那时

狭 谷

又深又长的狭谷
让景区导游蓄意编织
一部有点恐怖的剧情片
把神情严肃的队列拉长

掉队的游客大声呼喊的回声
撞响两侧高耸的绝壁
有人压抑得喘不过气

也有人留在陡峭的悬岩之上
眼巴巴曲身一探于深谷
但见一股股升腾的妖雾

旅游季节

我跟着一队游客
汗流浃背
翻越一片大山
游历沿途景色

当人们精疲力竭
口干舌燥
面前一片金灿灿
的果园

导游邀请每个人
动手也动口
采撷橙色甜果
品味丰收的喜悦

大家都不知晓
小时的我长在这儿
有一片老人看守的荒岭
那双长满厚茧的手
也许已种入这片山林

某次看日出

一张失眠的脸
跟着一些人的背影
奋力攀缘
站在山巅
天完全黑下来时
头仿佛顶着上面的天
升上了死后的天国

浓云密布
天公不作美
日头始终未露
下山的路却十分诡谲
有人不慎
险些滑入万丈深渊

归来
月安详地坐着
母亲的光普照大地
驱散心的阴影
这一生你注定走不出
一座山林的寂寞

八境湖

一座美丽清澈的湖
占据八境公园一半面积
她是我儿时的玩伴
有一半孤单的回忆
寄存此处

古城偏安一隅的湖
许多次规避人群吵闹的锋芒
我把背影投在湖畔
一大半寂寥的青春时光
收集掩映古城墙下

萧瑟冬日
与恋人荡起双桨
古朴桥拱下躲雨
凝望湖水新霁
一颗跳动的红心

在天穹下

在旭日与落日之间
我们行走多少距离
人的一生有多少次重复
谁能停下思考路的含义

月亮升起了大地沉默了
也许有人和我一道失眠
想知道这世上一些人
命途多舛命运迥异的人
如何思考同一个话题

长途车上我找不到一个熟人
我在感情的世界里一贫如洗
难道矜持也是一种钱
而长时间的孤独和沉默
是金
使我又有了许多积蓄

偶　忆

人啊
那曾经相识相知
相识不相知的人
在这平淡无奇的夜晚
一抬头的瞬间
我竟想起了你的迷茫
惊惶与无助

也许那刻骨铭心
却无法复制的雨夜和黄昏
那永世不忘的谈话情景
究竟是哪段话哪个词
触动了当年跳荡的心灵
一如你橐橐走远的跫音
至此永恒和短暂无法区分

蔗　林

在清清的江水两岸
在窄窄的乡路旁
儿时回家路上总能望见
一片整齐划一的蔗林

高高的笔直的甘蔗林
密密的荫凉的甘蔗林
咬上一截甜甜的甘蔗
酥在口里　甜在心里

没有谁能想象出
这从前的甘蔗林
也曾发生过多少故事

夜幕将临

大雨追来
一个人在旷野狂奔
他想赶在滂沱大雨前
跑回远处的村落
跑进自家的小屋

大风有力推挡
噼啪的落叶和沙尘
击打在脸上
许多石块坑坑洼洼
绊他一路倒扑

一个人攥着落日
犹如与死亡赛跑
鼻青脸肿的他
身上流淌着鲜血
坍塌的房屋眼前一暗

止 步

夕阳沉沦
惊掠逃散的晚霞
阵阵呜咽　流露忧伤
逐渐弥漫你的泪目

你眷恋这世上
所有度过的美好
从年轻走向中年
直至晚年

如今与恋人一道爬上悬崖
微醺的山岚
陪伴着你们携手
依依惜别的影子
徘徊在逶迤山道上

在远离城市中心
宁馨一角
有一个远方客人
为你们拍摄最后的彩照

微风醉了

家乡的河
一段段松开记忆的胶卷
窸窸窣窣草丛中
如蟋蟀嘶喊

胜似女巫催眠术
你婀娜的步态
一改往日沉笃　拘谨
比身旁刚刚经过的
一穿裙的少女还美

可那时并不时兴裙子
老家古城的墙垛
一晃一晃
更把回忆推得遥远

推到小时候
与你一同背着书包
下课放学的路上

故 乡

未必是乡村
也指一座城市
离开时间长了它会长草
化作乡村的模样
弥漫浓浓的乡愁

如果是从一座小城市
千里迢迢
到大都市长期生活
感觉与从偏僻乡村
迁移到城市那般陌生

在人海茫茫的大街上
恰巧遇上一个
小城来的亲友
甚或说家乡话的生人
老乡见老乡
两眼泪汪汪

逝者如斯

忘不了那一幕
冬日的早晨
茫茫乡路上
一些白衣人走过
一个人归于尘土

吹唢呐的人有气无力
呜呜咽咽　断断续续
代替　模拟
死者亲眷们
喑哑的哭泣声

灰蒙蒙的天空
时而筛落几星冷雨
路边竖着狗尾巴草
瑟缩弓弯
打几个寒噤

傍　晚

马路旁小村
撒满池塘上空
生机勃勃的蜻蜓
往来穿梭　密集编织
举行精彩飞行表演

这是一年中
最闷热的暑期
许多人匆匆归来
又匆匆离去
村子四周的农田
几乎都荒芜了

没有谁注意那人
映在一泓深绿池水中
夹杂漂萍和落叶
单薄的身影
孤独的眼神

落　日

落日滚下山时
有一个人狠狠踢了一脚
急促的呼吸
顺着松涛呼啸而去
呼啸而来
愤懑的火花
情绪的余烬逐渐沉入黑暗

忽儿
远天的云霞
挤出一道刺眼的白光
希望在朦朦胧胧的景物中
一点点熄灭　一点点重现
虚幻　色彩斑斓
犹如城市一个将死生命的
回光返照

悬疑小说

陡峭山崖
荆棘丛生
衣服褴褛的攀缘者
透露一股杀气
目光浑浊

紧随其后
长途跋涉的差人
颈项伸得老长
向谷底处的草甸
深深投下一瞥

白云在蓝天散步
仿佛
躺在地下的两个人
闭上眼睛自由遐想
尽情享受幸福时光

梦　境

有一天
你到某处景点
这是你梦中来过
留下离情别绪的地方

美如仙境一般
湖光山色
古筝　渔歌
一叶扁舟
向夕阳西下的方向隐去
你和你年轻的恋人
曾经到过

你问她时已满头银发
她也始终回忆不起来
那就是前世罢
她笑着说一句
还有你看看　你一直寻找
这个山洞　山洞也找我们

第五辑

窥伺一生

夜 色

窗是用来透气的
你在窒息的天空开个小口
便有无数的星星
迈着小腿跑出来
散落在无比辽阔的广场

众星捧月
月亮
天仙一般美丽的容颜
步态　婀娜多姿
她把温柔播洒在
每个人被冷漠
冰冻的心池
每天如一

你推开窗
看着夜色如水熙缁衣
照着最初的道路

溪 石

小溪中躺着
宁静的石头
在阳光抚摸下
熠熠闪光

多少年了
它们陪伴着山里居民
那些远途跋涉路经此处
的匆匆过客
偶或投掷一瞥

你并不知道它们
经历许多次的狂风暴雨磨砺
泥石流的冲刷
默默无闻　躺在那儿
宁静的眼神令人心酸

鱼儿水中游

鱼在水中游
羡慕蓝天上飞鸟
以为鸟在水中
也那样自由飞翔

一只空中飞鸟
应目光邀请飞进了水中
奇怪漂亮的羽毛
竟没有丝毫打湿

鸟被应声击落
才知自由是有代价的
草坪上幸福的花朵
仍羡慕蔚蓝天宇
一片鸟羽的飘飞
旋转

上　帝

人的一生
快乐又痛苦
漫长又短促
一个和平发展的年代
富足幸福美满与长寿
是正常人一世的追求

但每个人终将告别人间
此时　　无神论与有神论
辩证法与机械论
唯物主义与唯心主义
争论变得毫无意义
更没必要打到头破血流

在生命的尽头
上帝给我们指条路
基督的手
抚摸每一颗
即将停跳的心

音乐的本质

是忧郁　留恋的
怀念的弦音
安抚柔软的心
僵硬的词并不能
束缚溅飞的音符
旋律的翅膀
总在天国飞翔
那些欢快的乐曲
也能使人潸然泪下

两朵小花代替我们
站在无风的山头
我俩相互凝视
好像置身数十年前画框
好像在更早的年代
我们早已相知
仿佛认识几辈子
你的眼睛飘着白云
飞鸟栖息梦的遥远

远　方

有时孤身一人
匆忙赶长路
偶然驻足
凝视前方
眼睛蒙上一层水雾

山巅飘扬的树
或招展的旗
移动的模糊的人影
如今早就消失的画面
浮现在青春的记忆

与友人一起谈论
阳光投射微笑脸上
每个人
有一个自己的远方
远方之远
耽搁了你的一生

火 葬

人死后
烧成灰
就这样了了
灰飞烟灭

剩下的只有无穷尽的回忆
书　文字　相片或者雕塑
至于灰
放在哪儿都一样

葬在肃穆的墓址
埋进苍松翠柏或一株小树下
撒向流逝的江水或浩瀚大海
最终成为地球的一部分
粒子

星

还记得那年秋天
门前那几株笔直的梧桐
好看的黄金色叶片
随风泼撒一地

你睐着变胖的身子
看我扫了一大堆落叶
坐在梧桐树下条石上
我们憧憬未来美好
有重生的感慨

如果天空那颗星是我
我说
竖起食指指着
哪颗星是你呢

不是那颗最靠近的星吧
那颗星宝宝很小
应是旁边那颗
最大最亮的星

婵　娟

古代中国
将月暗示阴柔
日喻为阳刚

多情男子
或失恋男人
面对月儿
比作婵娟　嫦娥
当作爱人倾吐衷肠

不知那些女性
月色溶溶的晚上
倍感孤独的夜晚
有无微妙感动

或许把她当作
一个可以诉说秘密
的闺蜜

美的展示

冰上双人舞

艺术体操

跳水运动员

是一次美的展示

没有人会把她

和大街上衣着暴露

穿吊带裙的女孩

联系在一起

更不会为影视剧

某些性感恋爱情节害羞

一朵鲜花的美

和美女不是一回事

从某个角度看

艺术还是含蓄的好

一张美女画

或美人的照片

比超前的裸体画耐看

钓　者

从前　门口坡道上
我常与他照面
手持一根精细钓竿
摇晃一只塑料耳桶

缄默的人
与一条缄默的江
一段缄默的岸
有缘结伴而行

如今
又有些年月了
这条江的鱼少之又少
空手而回　铩羽而归
更是家常便饭的事

或者不是他在钓鱼
而是鱼在钓他

关于旧居

记忆虽然老旧
却幸运地列入拆迁名单
用它切割的时光
散发从前岁月的一股霉味

但童年的飞虫还是活的
屋后小园枯萎纠结的藤蔓
仍盛开鹅黄的丝瓜花
孩子嘻嘻哈哈笑闹声
仍击打陈腐木制建构

许多事和一些人早随缘逝去
旧居仍是一个忧郁的少年
藏着许多不为人世所知的梦

象棋冠军

少时日常生活单调
爱凑在人群后观棋
逢年节市区象棋擂台赛
一方竖立的大棋盘
吸引的群众不比剧场少

一个清瘦的弈棋少年
连续几届击败本市多名
老谋深算的棋坛老将
人们频频投去会心的笑
惊诧与赞许的眼神

节奏紧凑娱乐大众时代
公园一角观棋者凋落了
偶尔有闲心趋前一瞥
我遇见当年那位小将
须发苍苍　举棋不定

地　震

今夜　幸运的是
你们睡得真香
竟没有人失眠
竟没有人做爱
没人因辗转反侧
坐起抽一支烟

也许有人做梦了
不知是美梦
还是恐怖的噩梦
如是后者
睡过去就睡过去了
最好梦见了天国

一个像我白天
睡在公园亭内的人
我和他
是不是同一个人
转世的轮回

公 墓

平常日子总这样吗

无声无息　放眼望去

一列一列　整整齐齐

漫无边际　绝无个性

一个人走进去

被夕阳荒草吞没

远近埋葬着一座城市

真实的故事　往事

每一座坟

里面掩埋的人生　灵魂

如果有的话

谁能看透

翻过人世间

轰轰烈烈

异彩纷呈的一面

留下公墓区一片苍凉

早　晨

阳光照进门窗
也照进我的心扉
明亮　安宁
开朗　喧嚷

我不再害怕死亡
黑暗消遁
都给我滚得远远的

但夜晚
不论是否在灯光照耀下
死的恐惧
与黑夜一同降临

坟墓与夕阳是同义词
旭日与诞生是同义词

又至清明

河水流去
时光永远
和人们的期待一样

细雨如粉
新芽初绽
柳丝轻拂双眸盈盈

又至清明
弟兄在外　各自西东
微信探询扫墓的日子
或因无暇于顾
勾起一缕惆怅

父母坟头草长
几束鲜花覆盖
野火遍地
死亡更生

老　歌

《彩云追月》，是五十年代父母年轻时的舞曲名
这首南粤老歌
歌词与调子很美
听妈妈年轻中年时哼过

妈中年孀居　一生不幸
偶尔哼这段深情曲调
似回忆起短暂的青春岁月
与父亲共度的好时光

这类如泣如诉的曲调
也陪伴我从少年直到老年
在忧思中成长

每当苦思冥想
或无聊走在路上
我都想着曾拥有的美好

上 坟

有时
兀立亲人坟头
有种奇怪的感觉
梦一样笼罩你纠缠你
谜一样理不清猜不透

明明知道火化
生命已烧成灰烬
葬在泥土之下
最后将混成一体
却依然在坟地
笼罩一种气场
一种无形的牵挂

这是冥冥中永恒的召唤
还是灵魂自由地飞翔
或天界的诱惑
莫非逝者已去彼岸
仍与你隔水相望

永恒是什么

永恒就是你活着的这一刻
除了你感悟的景物
天空大地　房屋树木
这世上原来什么都没有

这是一个人心目中的永恒
也是所有人追赶的永恒之途
除了活在当下的你们的嘶喊
永恒什么都听不见

它也许是你创作的一幅画
一段音乐　一首诗

在写字台边久坐
偶然抬头一愣
看见我骑的骏马
驰骋遥远草原上

自　由

自由的鸟
在天上飞
他们站在更高的层次
站得高看得更远

在低处行走
的动物
更在乎目光所及的猎物
聚精会神细小的事物

人也是动物，地面上行走
他的影子映在天空之上
他的思绪可以随风飘飞得
远远的

一个人的生命
急促而短暂
无法洞悉地壳深处
正发生静悄悄的改变

冲　撞

一位上个时代的人
有幸活到了这个年代
站在从前苍白的岁月
接受现在炫目的日光
身旁衣着光鲜的青年
往来冲撞如入无人之境
将你视如旧时遗老经年
的茶具　陈腐的习俗
将数十年前的贫乏搬迁
至数十年后的繁华闹市

在别人眼光睥睨下
我是从前年代的遗留物
一件廉价的旧家具
希望在你们飞扬的思绪中
就是一个经年的化石　琥珀

明星脸

这世上不美的面孔
各有各的缺点
明星脸有些相似
并不令人意外

如世上的事物
千奇百怪
但美的事物
总有标准可以类比

明星脸上
常有一副熟悉表情
甚至把天空一轮明月
也削成了一生的面具

蝴　蝶

世上
一只翩跹的蝴蝶
据说是一个复苏的灵魂
在遥远的返乡途中

不知是迷路了
还是在梦境中睡过头了
盘旋的翼翅折上天空
大地招了招手
才返回到花枝身旁

不知每一个死去的灵魂
能否紧随这美的蝶
飞回他的前世
抑或来生

苍　蝇

你是一只苍蝇
老在窗玻璃上
碰得头破血流
只顾追逐光明

你就是一只苍蝇
老喜欢在原地盘旋
把你撵出厨房外
转过身又飞回来

你还是一只苍蝇
"嗡嗡嗡"亲我脸
我要一巴掌拍死你
又怕弄脏我脸面

冷 月

许多年前我单身的倒影
流落在一座古城郊野
夜间寒风耳畔唏嘘
远处道旁点缀昏黄灯光

任凭高天繁星的意境
鞭打我一根脆弱的神经
在空旷寂寥的大街上
橐橐的跫音比溪水清澈

那穿着碎花衣裳的
像偶然撞见一只小鹿
美丽的目光闪烁着
前世费解的回忆

死　神

你没有敌手
你所向披靡
无视人间喜怒哀乐
绝不功利　谄媚

你接受世人诅咒
无视金钱物资贿赂
不论对你顶礼膜拜
或是鄙夷　或是
豪放　放浪形骸
你都不置可否

图书馆

星星　　眼睛
眼睛　　星星

所有的风
止于一片书页

堆砌的辞藻
从故事一旁赶来

我们躲在门的背后
窥伺一生

陨　石

我们每个人生存于世
都有情绪低落的时候
有时别人的不幸
不单单属于他一个人

一块飞来的天外陨石
砸在宁静和平的水中
涟漪一圈一圈扩展周围
继续传导震慑的余波

这时候我们每个
大地上的生灵
要抬头仰望
那天上的星
理想之光

或许这就是末日
最后的救赎

海　边

叽叽喳喳的吵嚷
点缀栗色的沙滩
碧蓝的海平面
航标纹丝不动

大海的深处
酝酿十三级风暴
我们爱着
像两只海鸥
展翅翱翔

帆的倒影
不比时光枯涩
波涛的齿痕
在人生的远端徘徊
有一种花
堪比珊瑚礁古老永恒

第六辑

惜别春光

春　天

你和谁恋爱
是与花园的蝴蝶
还是夜晚的星星
与农田的蛤蟆
唱一支老旧的歌
还是在拥挤的街道
送走了梦中的情人

雨后蜂蝇和谁舞蹈
潺潺流水为谁弹曲
女性的明媚
配合风的柔和
把祈愿和希望的种子
送给遥远的亲人
路边的陌生人

春天老了

那个小小年纪
从路边小草走过的岁月
和蜿蜒曲折漫过坡地
青山倒映的溪涧
童话般的世界
插播的季节老了

陪伴我走近
青春的憧憬
奥妙的梦幻
恋爱的热烈
的场景和剧本
的画面模糊了

春天老了
蓦然回首
一双　怀旧
阴郁的目光

好一朵茉莉花

满园花草香不过它
现在想来
茉莉花的香
与其他花香没什么两样

桂花的香就不分伯仲
至少不输它几分
季节也差不多
花香就是花香
除非花匠与植物专家
不会刻意区分

那茉莉花没什么稀罕啦
也不　假如你站在许多年前
许多年后
再深吸一口香气
还是有区别

春雨，冬雪

你眼中的春雨
并不是雨
是许多花开出声
成长　呼喊
是许多希望跳跃

你眼中的雪
不是雪　是花
花不在你眼前落下
在事物飞逝的希望中
消失在你遥远的梦境

清　晨

你站在岁月的高处
凝望路上奔跑的太阳
有一个孩子的梦境
细腻　悠长
白云与气球
升上深邃的蓝天

所有擎着绿旗的手
哗啦啦啦
飘拂　唱歌
黑夜的影子缩得很小
像一个抱头鼠窜的人

十九岁入职的恋人

曾是一个村姑
这村前半干的清水塘
留下她劳作后投射
的倩影和秀丽面庞

小山村孤零零
撇在远离公路
三不靠不毛之地
那蜿蜒荒芜的山道
无数次刻下她单薄
倩影和艰涩履痕

踽踽独行在
刚刚收割的田埂
山竹葱翠为她
遮掩夏日的炎阳
窈窕身子负着重担
携着汗珠往返乡镇
荫蔽我们道旁热烈交谈

浪得虚名

在百度打上自己的名字
跳出许多同姓同名
最前面的一位
是牺牲的志愿军战士
生命 23 岁戛然而止

还有抗日捐躯的英烈
但更多的是企业法人
董事长厂长股东高管
也有许多年轻毕业生
大学生活跃各行各业

词条重复次数最多的
一位早年毕业的农学家
几乎每年都有几期期刊
刊有他的学术论文或简报
不似我几句诗浪得虚名

挽　留

天空辽阔
今夜　坐在楼顶
心上有十五个吊桶
七上八下

笃笃笃
有人上楼梯
谁？
是我！

月儿，你不是?!
她去挽留她
自己却留下了

头上一轮圆月
又大又明
星星伸手可摘

人约黄昏后

日复一日
你说在那座山包
有一棵树顶孤独
不记得等待多久了

你说人约黄昏后
只要等待就还有希望
可是山背后
又一串串足音翻过去了

太阳渐渐沉下去了
四周一片寂静
笃笃的马蹄声
于古老的梦境消失

群山蓊郁　心如此沉重
山背夕光又闪了一下
这一瞬领略了人世本源
捕捉到的爱的真谛

那　天

他刚出了趟门
感到不大对劲
原来路遇一人
已为人妻为人母
勾起往事回忆
人生在世太短太促
不能重复一次

约了几个老人
一起看花去
忘记年龄和季节
风吹过身旁
弯弯的草尖
和一个老姑娘
飘拂的银发

一个人的灵魂
在天上鸟瞰　蔑视
或怜悯万事万物
总有一天
这些楼房也如山洞
瀑布会从云端泻下

我们互相隔绝
慢慢变老

新校区

那些年
一些新校区刚搬迁
环绕城市周边的郊外
环境幽雅　空气清新
一片琅琅的书声
惊飞窗前枝上小雀

时而课间揿响的铃声
打断思辨逻辑的缜密
暂时松弛的眼眸余光
偶尔滑过校园围墙
觊觎远近一片荒岭村落
点缀几座孤坟野冢

并　非

叩开心扉赴春天的约会
独自一人踏青山麓

并非每个春光明媚的日子
都享有一份诵诗的好心情
君不见此刻迎面而来
是一个匆匆的逆光者
给人的表情含混不清
你分不出他此刻的脸
有几分困惑几分焦躁

应春天之邀叩开心扉
一些游人踏青山麓

并非每个青春的嘉年华
都在做着同一憧憬的梦
君不见人丛中猝然离开
只身徜徉僻静的荒郊
冷清的河滨的身影
或许神情有点沮丧紧张
情绪有点压抑低落

身处逆境或顺境的人
并非每位都擎着希冀
每个都笑容相迎
但只要你仍保留真诚
露一个笑靥

那个春天

那个绵雨的春天
至今画面如新
傍山涧水映着你
远去的依依身影

你递给我一册
封面装帧清新的小书
汪国真抒情诗选
一本流行的小集子

如今时光经年
只偶然翻开发黄书页
看到你纤纤素手轻轻
画线镌刻的那首小诗

牵 手

人最大的遗憾
是不能回到年轻时
和你牵手的那一刻

人生如果是个悲剧
也曾有过美好的开端
这开端的辛酸
多年以后才醒悟
原来，幸福的人生
是回忆中才有的事

朋友，不知你是否
还活在世间某地
会不会猝然相逢
在某个沉寂的夜晚
还是喧哗的闹市
虽然我们已面目全非

人最大的遗憾
是不能回到年轻时
和你分手的那一刻

日　蚀

不论是在大海航行
不论是在辽阔的海滩
还是高耸雄奇的泰山
或平原江川乡村城市

我们所见的太阳
是早就被光明包围的
它使人们总处在光明
的祝福与幻想中

你在黑夜的天幕上
突然见过被钉死的
太阳吗？只在这时
黑暗压抑包抄光明

夕　阳

你千百年地照看我们
是哪个人熟悉的侧影

黑黝黝的树林中
又是谁悄悄降临的脚步

光秃秃的山岭上
我看见了那些最原初的生命

逝水你背着我
把光阴偷偷消音　埋葬

有人弯下腰去
接近一枝淡紫色的樱草

读《海子诗选》

我常是一无所获
读到一些呓语
顿悟的　随性的
陡峭或迟滞的
不过正是这些跳荡
幅度大的词句
使人的心灵得到
片刻的松懈

我们无法在诗里捕捉到
海子真正想要的艺术境界
他总是带领我们向前冲
企图冲出所有边界和岸
没有人求得他的真传
海子最后只好以死
证明他的不可复制
独一无二

失 眠

人们喜欢思考
一生怎样度过
有人说快乐度过
有人说得过且过
有人高亢伟大些
有人低调渺小些
有人狡黠有人温婉
有人偏颇有人拘谨

谁能与我一道失眠
共同思考这个难题
一天应该怎样度过
本不该问这个问题
问这个有点无聊
各人自有答案
即使有人开口
也等于没有回答

短诗一束

挑　夫

木刻的背脊
弯弯的肉腱
在高处屈曲
姿势夸张
气喘吁吁

只在低处伸腰
透出一口长气
很少人理会
他空担时的表情
如何细腻

过期的情书

散发着
旧报纸的气味
用它包装的字词
仍未腐败　变质

历经岁月沧桑

终于成为快餐

熟食

一纸虚构的传说

与其渗入添加剂

不如付之一炬

最后留下

一缕淡淡的青烟

迎接春天

皲裂的池塘

噙含泪水

山坡的残雪

照亮我黯淡的掌纹

谁追着芳草后跟

驱赶鸟雀

死亡和永恒

漂流四方

鱼

鱼在水中跑

风声不绝于耳

鱼降落水底
空气逐渐稀薄

鱼凫出大口喘息
双脚轻轻落在地面

微　笑

这儿有一把镊子
剔除了所有的矜持

你也许不美
但微笑使你无比生动

一个按钮
启动了整个春天的包容

插秧者

铁塔般的身子
蹲下去
目光就变得柔和

贴着秧田

窃窃私语
仿佛身旁站着家人

日头越升越高
身子越变越小
仰脸时已是一棵秧

少年与女孩

保持一丁点距离
有一支米尺
在心上丈量

少年与女孩
共坐一张桌子
他们的名字
被信封压得嘎嘎响

女孩脸上
开出两瓣鲜艳的月季
那个年代没有手机
后悔没能摄下来

窗外甩过第一声蝉鸣

把去年今日的我

唤醒

蝉蜕
在我的记忆中
是一种痛苦的疯狂

我经过了漫长的黑暗
前生和来世

核　桃

令人想起
万壑千山以及
悬岩上攀登
打钉的人

砸开人脑
有一个进入
科学世界
踽踽独行的人

柳　词

使我想起旧式文人
飘逸的袖子
扫过潋滟水面

柳永的发
蓄得像春天疯长的草
长须飘飘

像不修边幅的艺术家
男不男女不女的
或愤世嫉俗
拂袖而去

第七辑

迎迓秋天

深秋的路

伴随着远去的风
曾经不可一世的
繁华落幕
天空　弥漫
无以数计的凋零

大地苍凉而困窘
觳觫的丫杈
幽暗往事靠近身旁
我怀疑的乱草丛中
娉婷着明亮着一枝异花

旧梦依然
是否在这荒野迷路了
丢失了很久的岁月
我忐忑的心情无语
只为酝酿万年的等待

枫　叶

那一年
你在秋风萧瑟时
看着一个单薄的身影
消逝于路的尽头

半山的枫树
烧红了半边天
风吹落一片枫
砸中你的额
你把信封寄出

经历无数秋日
秋风　　秋雨
打开夹信的书
早已褪色泛黄
一片心形枫叶
葆有醒目的红

悲　秋

天气骤变
秋风秋雨
本是普通自然现象
人的心境随季节变迁

逢秋阳高照　金风送爽
登高望远　视野开阔
时阴霾笼罩　冷雨降温
心情压抑　悲秋伤怀

自古以来
悲秋是种文人情怀
想到那些风雨中奔波的旅人
城市居无定所的新人
送别远方眷念的亲人

泪眼　望穿秋水
一片落叶凋零
一个老人离世

少女画像

你仔细端详
坐在窗前凝思
百年前的少女
与今日的她们
几乎别无二致

美丽的鲜花
任何季节都一样开放
释放着娇艳光华
沁人肺腑的芬芳
如同自然界万物
没有人能抵御
活力四射的春光

但这仍是娴静
秀色可餐
一万年
人们追求一种内在
朴实　高雅的气质

时光美杳

踩着流溪的声音
丛林里有一股
乳香的气味
弥漫　笼罩

秋日的独行者
你拄着杖
傍着崎岖岩石
缓缓移动
瘦弱的身躯
时有停顿　喘息

仰望空中飞鹰
俯身摘一枝天真笑靥
变幻的云影
把前世的回忆
投入山涧
古老的梦境

垂暮之年

在垂暮之年
我们远离了爱的激情
在山野啁啾的鸟鸣
掠过尖尖丛草

鲜花抚摸你
嫣红的腮帮
荒芜的思绪和藤蔓疯长

谁没有往昔幸福的时光
谁没有过青春爱恋
低吟与欢唱

重　阳

秋阳高照　一岁一登高
一群分散独居郁郁寡欢的老人
难得上苍赐个好天
赶赴一年一度热闹聚会

喂！小朋友
今年加入老朋友行列啦
两个老人见面打招呼
芳龄相差近两轮
转头感慨又唏嘘
几乎每年有人离去

这些退休老同事
像星星围着月亮
簇拥着中间那位年过九旬的寿星
他们起皱的笑靥
像天真的老孩子们

不论从前职务高低
活下来的人
如今只有一个身份
大地上迟开的鲜花
缩短了彼此距离

诗　人

平庸的生活
是大地上一块沼泽
每个凡人
深陷其中不能自拔

一首小诗
让我们暂时撑离地面
给想象插上翅膀
在未来的时空飞翔

这世上不缺千篇一律
故作高深的哲学家
也不缺令人无所适从
自以为是的预言家

流水线上的机器
不过是提线木偶
但离开流水线的人
可以是神思飞扬的诗人

大自然不缺诗意
每朵花　每片云

都是奇妙的诗句

每座山　每条江

都是一首浪漫的抒情诗

人有退休一日

演完戏卸下装

让后边的戏份

删除自己的角色

做一个生活的主人

和简单快活的诗人

八大山人

画的鸟耐品
或蹲　　或坐
或站　　或展翅
或栖落　或瘸腿
有一个字称谓它
呆——萌

八大山人画鸟
千百种姿态
只有一种眼神
就是冷眼看世界

八大山人
一个没落王朝
废黜的贵族后胄
遗落的一颗纽扣
扣住了所有的鸟

大瀑布

豹的气势
飞翼的轰鸣
吸引众多旅客
长途跋涉
惊艳　流连忘返

姑娘们卷起裤脚
撩开长裙
沐浴修长美发
探进湍急的漩涡
炫耀白皙的双腿

只有一双眼睛
躲在千万里外
凝神聆听
无数双手高擎着的
呐喊与抗拒

郁孤台

古虔州城西
贺兰山上
怫然孤峙的亭阁
明知是几百年后几经毁损
几经修葺的赝品
仿佛上得来这处高台
我们也成了
一位大诗人的小兄弟

我们的躯壳
步辛稼轩的后尘
登临千古名楼郁孤台
发悠悠之思古幽情
吟词作诗
也暂时成为
一位忧国忧民的
南宋词人

河水转弯

我们在热议一件事
有人沉默了下
正交谈的人出现一个停顿
像流淌河水在这里转弯
打了一个旋
我急忙独自离开

仿佛有一首诗的雏形
出现在记忆中
有人说写诗省事省力
电脑或手机寥寥数语草成
有人说互联网电子书
降低了发表门槛

生活压力小，激发了
写诗的闲情逸致
一首诗的诞生
有关于一个人的沉默

说说太阳

你说你自由了

你解放了

跑到宽广的道路上

无边的蔚蓝的天宇

绚烂的霞光云彩

流泪　感伤

喊叫　欢笑

虽然那个日子

你只是俯下身子

跟一朵野花问了声好

你说你积攒了

许许多多爱情

可是一会儿

你回到那间小小的屋

那个小小如蜗牛的壳

十分庄严地

郑重其事

拿起笔

装满一世界的书

退休之人　生活平淡

溅不起一点浪花

你有的是无聊时光

一日　一月　一年

不会等你喊她回头

她是随你一同老去的恋人

即使有幸生逢盛世

快乐也会逐渐与你远离

让屋子开阔一点

装满一世界的书

那么多新奇的贝壳

海浪遗落在人生的沙滩

奇珍异宝

等你拾掇

林间小路

恬静清新

乔 迁

早晨，和煦的风透过
宽敞明亮的玻璃窗
抚摸刚刚经历
乔迁之喜的新家

熬夜的男主人
仍蒙头酣酣大睡
时间提醒手机
播放刺耳的音乐

早起的主妇飘逸厨间
扭动袅娜的身姿
哼着时兴的小调
眼含蜜蜜笑意

窗外飞进一只苍蝇
翩翩旋舞于新的家园
在雪白的馒头上
留下一个污点

第八辑

抚慰童年

露　珠

童话故事里
我最喜欢花草上
稚气滚动的露水
它们在影视的镜头中
总是闪烁奇异的光彩

闹市喧哗中
人与车的污浊空气
让我们暂时忘记了路畔
草叶上那些晶亮的眼睛
噙一滴晶莹的泪水

现在我回到了乡间
在广袤大地和原野
我愿缩得很小
让一滴晶莹的露珠
重新把我洗净

月亮会老吗

中秋夜花好月圆
在南方大都市
仍有不少人选择
街边店铺旁开阔地
一边乘凉一边赏月

聊着最古老的话题
啃着圆圆的月饼
这时晴空朗月高悬
上年纪的人见多不怪
再神奇的事物久了
几十年也会长茧

你想起童年
唱过的一首儿歌
月亮　月亮公公

月亮　会老吗
比起小时候
有点

故乡河

你一生最熟悉的事物
这条跨越环绕城区的故乡之河
她常常让你想起儿时
同一所小学的几个玩伴

每逢暑期甚或学校课后
弟兄们一道邀伴结伙
瞒着母亲偷学游泳然后
捎带两腿细沙回家挨一顿揍

还有学着父亲在古老浮桥上
双手叉腰仰望苍穹
流水远逝　鹧鸪声声
晚霞映红江水云天

古琴忧郁的音符
几尾跃出江面的鱼
古城的血脉静静流淌
唯时光荏苒天宇永恒

怀　念

记得儿时
逢旧历年　年前年后
外婆携我走街串巷
拜访亲友

陌巷旧居
宋时虔州
青石板上迭沓声
荫凉　湿润
零零星星爆竹
驱赶浓浓的乡愁

从唐朝飞来
两只黑蝴蝶
没入宋朝
烟雨苍茫中

江畔散步

少时的邻居
曾经的发小
长大后各自
结婚　生子

偌大的一个城
我居东　你居西
只在河畔散步
偶尔见过面

有一天走累了
遇到一个老人
不经意间
谈养生之道
异乎寻常的交集

困扰人的故事
似曾相识
令人有点儿眩晕
想起别一世代
我们曾经来过一趟

同学群

中学同学群
早于微信诞生前
把多年前各奔前程
互相渺无音讯的人
重聚　聚餐　出游

三观不一
分分合合
时而有人退群
又重新入群

从黑发长出几根白发
从有人谢顶
到有人白发苍苍
几经反复

也有死去经年的同学
头像赫然挂在微信群
一如超长潜水者
久久不舍离去

童年时光

危险
也许就在一旁盯着
内心有一双翅膀
不经意间飞翔

她总是欢笑着蹦跳着
要将那些饮用水空瓶子
取完后快速地装进箱子
郑重其事交给保洁阿姨

你会在某些草食动物身上
看见孩子般天真无邪的眼神
孩子们在舞台表演节目
不那么整齐划一的歌舞

有一瞬你想起小时候
脸上画上胭脂　口红
也是在节口的舞台上

犹如回光返照
一生留给你的纪念
就是那稍纵即逝的童年时光

小 草

一棵小草
拍打着一棵更小的小草
在低低地唱催眠曲
大地将宽广的胸怀
伸向天边

风轻轻抚摸
寂寞中的树枝
小鸟喂食给它一串串
快乐的音符

暮色与星星
陷入深深的梦幻
俨如忧郁的诗人
为它们祈祷

虫的世界

小孙女顶喜欢
甩过水塘的蓝蜻蜓
喂食桑叶上啮噬
乳白的蚕宝宝

坏虫可比坏人多多啦
家中大人常叮嘱
傍晚钻入罗帐
嗡嗡嗡的小蚊子
躲在衣服皱褶的人虱
拍死　捏瘪
置之死地后快

但小心呵
别踩着了蜘蛛
她可是家中唯一的益虫
别看它样貌丑陋

草　莓

红得张扬
不像自然界
赋予的
本色演员

整齐列队在
货柜上
有点像人造的
蜡制偶像

插在生日聚会
乳白奶油蛋糕上
草莓
沾沾自喜

漂亮的草莓
被一只只
猛兽的嘴
一口吞噬

弹钢琴

手的舞蹈
海的潮汐

音乐的大海
魔鬼的世界

黑白琴键
日夜交替更迭

黑衣人搂着白衣人
演绎宏大情景剧

小天鹅们的脚尖
弹拨着键盘

预　言

曾经我们像两个孩子
为一些琐碎的事由争吵
城外的想进入
城内的想出走

一如这条傍城的河
绕着古老的城区
东绕西绕多少年
走不出一个怪圈

翻开一张保存得
已经发黄的报纸上
镌刻的那首小诗
早已被雨水洗白

天空中
那个春天的色彩
你我徘徊的足音
大水也卷走了

如今
每当我回到这河岸地

望着阴郁的夕阳
就想起你的承诺
没有兑现的预言

偶尔——一首纯真之歌

偶尔想起告别前
你双眸盈泪
克制拘谨的神情
偶尔忆起那些
你离开前曾经咽下
未及表白的话

我当然知道
这一次其实是诀别
并不是一次普通别离
只是偶尔又回想起
你青春容颜猝不及防
心痛这短暂离世的生命

永远无法再回到那一刻
披露那些你渴望
聆听的窃窃私语
只有梦回你的来生
你悲愤而弃绝人世
青青芳草的坟间

原来这尘世

最可悲有一种爱

还没有开始

就戛然而止

十六岁

十六岁的爱只是
一种对未来的幻想
和憧憬而已

是在清风的早晨
抬头望见窗外一树红叶
是在午后睡醒一觉
蓦然想起莫名的心事
是在晚霞满天的原野
那一丝隐约的惆怅

你在十六岁的年龄
是盲目的兴奋、幼稚的失意
你在十六岁的花季
是芬芳四溅的自信
和晶莹易碎的露珠

你十六岁的错误
不应悲痛欲绝
你十六岁的胜利
更应是幸福的谦卑

假如你怯于表白
传递的是真诚和纯洁
假如你婉言拒绝
定是幸福来得太易太快

山花又开

山花又开了
红艳艳的山花
浪漫了一个季节
只是一颗心有些空茫
在僻静山路上徘徊

她想起最早一次
是和他一道在回家路上
两个人一同游览　观赏
此情此景没齿不忘
那之后许多年过去

历经岁月变迁　人世沧桑
也许再见面都不敢相认
她并不想回到那一刻
只想用那一时的遗憾
来回馈他的一生

诡　秘

在无人的夜晚
你有一段诡秘心事
匿在老林深山
化作一首无言的诗
化作一朵云　一滴雨
化作远处一颗永恒的星

在白日映照下
残梦破茧钻出
苏醒在床笫之间
眼角悬挂的温润蒸发
化作一双翩跹的翼翅
从陋室的窗前飞逝

清　晨

我恍惚看见自己
在原野河流上空飞奔
我看见有一群古装的仙女
站在芳草萋萋之所
仙女们衣袂飘飘

太阳离我们不远
唾手可及　众鸟簇拥
那些从前的事物
曲折离奇故事　美丽倒影
离我们渐去渐远

在烟雨苍茫山川之上
在虚幻的尘世之上
有一个万能的神
发出无数道彩虹
装扮一个神秘的国度

人的一生

有一个纯洁的童年
值得一生的纪念和回忆
那时的淘气的小伙伴
学着鸟的叽啾蹦蹦跳跳
在未来的枝头憧憬
有一只狗朝你们狂吠
也许是件非常有趣的事

那些年我们相遇
在春天的溪边
盯着草叶上的小虫
缓缓爬出视野
每个人的爱情或初恋
都相携相伴直至永远

想起往日丢失的
你娇媚的容颜
还有那一颗年轻的芳心
等待中的相守
却无缘相知
以往潺潺的流水
星星的影子爬满山冈

我们采摘栗色的野果
袅袅炊烟弥漫村落

老去的是爱人
记忆永远年轻
为什么魂牵梦萦
没有人走的坟地
飘过一缕轻烟的笑
一颗星陷入深蓝的孤独
你把最美的一面
呈现在我眼前
秋日的阳光映亮你的脸庞
没有什么能阻挡我的回忆

小诗一束

签　名

她一笔一画
签的名字
没我的好看
但容易辨认

孩子要的故事

战争的不行　鬼怪的不行
搞笑的也不行了
要恐怖的
这世界有时确实有点恐怖
但不是鬼呢

致敬垃圾箱

这些体现现代
文明礼貌的场所
为了扔掉手中吃剩的
包装袋多走了两条街

无名者墓

你躺在这里多少年了
一个朋友经过你的身边
试问还有几多年
你们重新相见

青海湖

委婉　不朽
风吹过它前额
好看的皱纹

青海湖深邃
遥远　我看着它
呆的眼神

细雨　星光
月的白帆
大海的一粒牙齿

油菜花开

淡淡的清香
沁人肺腑

耀眼的嫩黄
把心点亮

好大一片油菜花
把高低不平的田地
拼成一个大太阳
染黄了世界
染亮了春天

雨水刚刚
洗净的天空
风筝飞起来了
被一只小手拉着

清　晨

一个六岁小女孩
骨碌碌的双眼
盯着窗台一只黑斑蝴蝶
让妈妈拉住枝梢
捉进一个精致的纸盒

她自己刚刚几分钟前
却吵闹着要出门去
与楼下园子里的
同龄的小伙伴们

一块嬉笑玩耍

春夏之交

雷雨交加
"哐当"一声
小鸡躲到母鸡羽翼之下

这五百年前的雷鸣
和五百年后的雷鸣
如何区分

传说这棵老榆树下
雷电击倒过的人
真的九恶不赦？

如今城市高楼林立
避雷针指向天空

危险无处不在

途经幼儿园
避开下午 4:10
若有汽车经过
拥堵时有发生
每个孩子配备

一位接送的家长
当小朋友的手
被交到家长手中
幼儿园老师
可以松一口气

奇　妙

她闭着细长眼睑
如一好看的弧线
医生说新生婴儿
有时闭目达一周
但仍属正常现象
但现在已十天了
假如她睁开眼帘
会突然看到一个
怎样奇妙的世界

致敬一位小学老师

经过我小学的旧址
我常肃然起敬
有位一年级女老师
给过我最高鼓励

母亲总是告诉我

她说我从小聪明
只听过一遍的歌
就能独唱出来

她们每次见面都说
我知道我喜欢唱
但直到今天
我也未必识谱

早晨醒来

乳白的阳光照进窗
而夜晚代表死亡　恐惧

故园的你
总有那些落霞的影子
陪伴孤单的童年

风呜呜吹呜呜祷曲
将烟雨吹散
众鸟归林

新鲜的画面感
泪眼中呈现一个
世俗的尘世

第九辑

怀念尘世

一念之间

有天他经过一块墓地
在一处坟前忽然止步
伸长颈脖
仔细瞧墓碑上的字
看是否认错

这地下躺着的
竟是他熟人
也许是同名同姓
但是
他们不久前见过面
无论如何不至于
这么快告别人世

然而也未必
生死不过一念之间
毕竟又隔了几天

做　梦

梦见乘鸟飞入云端

大风刮过

呼救

跌落深渊

梦见西湖断桥

波光潋滟

偶遇佳人

朝念暮想　茶饭不思

俄顷

梦中私会

梦见前清年间的

举人

秃顶

戴一假长辫

暮色渐浓

天全黑下来时
心境舒展开
明亮的路灯如驱散的光
照着路旁一堵雪白的墙
两个头的影子
重合在了一起

漫入房间的黑暗
把所有的家具漂去
沉落在寂静的山谷
灯泡咔嚓一声
有人冲进来
仿佛一枪射中了你的眼睛

雨后天晴　你从昨天噩梦中走出
在山道那头
忽然你提出来说不分手了
我习惯于解释不反其道而用之

老年的同学

还记得青春年少
一起荒唐的往事
一齐荒废的日子
也许你早淡忘了我
我却仍旧时常想你

曾记得黑黝黝影院
纪律森严
寂静中爆发你我笑语
在学校尘土飞扬的操场上
你为我加油喊破嗓子

啊！老年的同学
今天陌路掉头错过你
不觉已晚年
时光把我们从生命那头
划到了这头

血　亲

DNA
伟大的双螺旋结构
让你活在滚滚尘世间
与父母各自坎坷
曲折人生
纠结牵扯
不解之缘

父亲的血液
母亲的血液
仍在我们血管中奔腾
有时我们在宁静中
无限接近他们

在尘世留存琐碎记忆
那些灵魂细微的颤动
扩布在宇宙的深处

书　痴

我终生与书做伴
我循着一本书的路径
艰难跋涉
循着日月星辰的坐标
奋力攀爬

滚滚红尘
漫漫人世
啊！我新时代的大都市图书馆
坐落肃穆宏伟殿堂
这儿的书琳琅满目
堆垛如山

这么多年轻的朋友
你们思考的身影
落满了书桌两旁
你们坐在知识阶梯边
就如坐在群山之巅

一个盲人的梦

许多年前
我的眼前有光　亮
虽然有云的掩盖　雾的遮挡
但这曾是个黑白分明的世界

我在一片黑暗中摸索
度过了漫漫长夜和孤寂
几十年一晃过去
我听见过众声喧嚣
也触摸到人间变得
越来越热烈的气氛

我喜欢色彩缤纷的场景
欢声笑语的尘世
如果这辈子我在黑夜
做了一个很长很长的梦
这梦有了一个好的结尾

永　恒

世上哪有什么永恒

永恒是每天活在当下的你

保卫自己愉悦的心情

早点美味亲口尝尝

风里雨里上班去

拥挤的城市打工

远了亲情远了

留驻偏僻乡野的人

网络和手机改变了生活

生活复杂也更简单

或许有忙而不乱的假日

挤出空隙游山玩水

逛公园集市超市

你喜爱的书搁置床头

翻开最感兴趣的页码

高　原

高原距离太阳很近
我们登高
像攀缘那无数光的来源
每个人每辆车小心翼翼
匍匐崎岖山道上

高耸的珠穆朗玛峰
伟大的青藏高原
无数人神往的土地
即使一颗缺氧的心
驭急促的呼吸
匍匐攀爬的灵魂
那响彻云朵的赞美
雄鹰栖息最高
最高的顶峰

回家路上

我偶尔忆起往事隐秘
那忽略的细节
岁月之湖浮泛潋滟
年轻放弃的美好时光
路上惬意的谈吐

相互交织的眼神
这是一次意外相逢
却又猝不及防道别
青春美丽的容颜
两朵灼热的雪花

一个寒冷的日子
被抛却的荒郊野外
在许多白发缠绕中
命运指导我们再次邂逅

那些年轮长生的树
短暂的爱意　淡蓝的回忆
天空的冷色调　风
拍打着音乐的小节
星的刻意雕琢的诗意

月光映照多年后的小窗
草叶上站着一滴清露
你楚楚可人的背影
回返记忆的葱茏

日　冕

有一只手
牵着巨大黑幕
牵着无边无际的恐惧
往所有人心里跑

巨大的阴郁
在大地上逃奔
不但吞噬光明
也吞噬黑暗

瞬间的蛊惑
无法驱除内心的魔障
焦虑的情绪　狂躁
狡诈　阴险

崛起的飓风
刮跑沙石与陋习
掀翻大海与点燃火山
伟大变革

年 检

一年一度体检
去三甲医院排队
一遍一遍等待喊号
完成考验你的耐心

如此众多的医患
憋着嗓音交流　超声
CT　MRI 血液指标
目光交错重叠的线路

对生命的渴望和期待
有时一不小心迷失
去到一过道尽头
有哭泣从里间传出

夏日炎炎

一阵凉风吹过
如人在旅途
忽然看见一个朋友

想不起究竟何日
少年的你
抓起一支笔
在自装订的小本上
写下第一行歪歪扭扭的诗

不知晓哪个季节
你忽然就长大了
开始有了自己的小秘密
要躲着大家记下来
只告诉给一个人

读杜甫诗

一个踯躅的背影
投放在东方大国
这片古老土地上
已逾一千三百余年

我不知道
一颗充满悲悯的心
是在那一首首古诗
的酝酿和行吟中
得到逐渐释放　　或是
委顿还是充盈升华

还能怎样要求
一个古典大诗人
有什么更好的归宿吗

杜甫的三吏　三别
茅屋为秋风所破歌
朱门酒肉臭　路有冻死骨
与其说大唐盛世
不如说身逢乱世

从流逝岁月中回来
曾被唐诗浓墨重彩渲染
表面的繁华肢解淋漓
体无完肤
只遗下那些千古流传
凄美而神奇的诗句

记　忆

有一次与人出游
我登上沉寂的山林
在一处悬崖峭壁
看到朗朗乾坤下
山谷隐蔽的低处
匿有一个人

风吹草坡中
若隐若现的草帽
时而仰起的面容
触动了我一生中
断断续续　从童年
至今一些不祥的记忆

这一瞬我眼花了
泪水蒙住双眸
我悚然
想起许多许多
怪诞的今生往世

那个人不时从黝黑
草丛中

探头仰视山顶
甚至向我招手
看着逃逸的自己

小诗一札

1

一对情侣在笑声中走远
扔下一路看不见的花香
青春欢畅的时刻
荒坡裸露一截白骨

2

人活在镜框外
只是让我们纷纷走入镜框
在镜框外我们真实生活着
镜框内需要绘画　吟诗

3

花丁劳碌一昼
占据公园一晚
若不亮明嗓音
内心憋得慌张

4

被俗世遗弃的人
在天边寻寻觅觅
落日下沉的地方
有一个金色的山洞

5

与其说嬗变的古史
总在几个奸佞人臣
不如给汝等披一件
最大的皇帝的新衣

6

一位诗人跟我说
诗是很小众的东西
莫怪人们比喻
写诗的人比读诗的人多

写诗的人比天上
星星还多吗
为什么那么多人
仍喜欢抬头仰望星空

7

诗要是一个小丑
若是他使人发笑
诗要是一个出气筒
若是它发点牢骚

诗人要是没有灵感
请爱国诗人屈子
在每一个端午节
来临之际赐予大家

8

快乐的日子
总是十分短暂
无聊的生活
依然无比冗长
谁也不能挣脱
时光锈蚀的枷锁
没有人能打碎
内心承受的桎梏

9

旭日与落日重叠的时候

一个人会陷入永恒

霞光盛产

我看见无数人走进教堂

一片雪　就是一个生命

前赴后继

墓碑

围绕着雪花飞舞

10

在大地上流浪

眷念远方温馨的家

因为惧怕死亡

所有的花朵

集中一个季节绽放

你在窗下阅读

羡慕一只鸟从纸上飞走

11

月缺了

总有圆的时候

我们曾经

总想着有一天

一个十全十美

大团圆结局

花没有百日红

像一些细小的拼贴
渺小　精致　悠远
叶子长了又落
黄了又青
春华秋实　总在轮回
潮涨潮落　一年一年

其实　五百年前
在这浩渺的江边
也有一个人望穿秋水
同一棵老榕树下
也曾有两个人在这里
待了很久才依依惜别

太阳　月亮　星星
搭起旷宇的构架
一个无比庞然大物

一个老人走进图书馆

一个老人走进
一个大都市的图书馆
一座不久前完成豪华装修
崭新的宏伟的建筑架构
心中发出赞叹

一个老人走向
每一高大簇新的楼层
见摆放了许多宽大的座位
已坐满清一色的年轻读者
几乎一座难求

时而离开书页探首的
年轻人好奇地看着
一个白发苍苍的老人
蜿蜒走进一排排书架中
又从一堆堆书籍钻出

黑压压一片一片
黑头发的年轻读者
仿佛看着一个白发老人
跨过岁月沉重的门槛
从历史的深处走来

墓志铭

星星的闪烁
传来梦中的问候

我的墓志铭
也许是墓地泥土上
竖立的一棵树荫
是江中飘拂的一段云影
沉没大海的一丝霞光

让风写上轻轻鸟语
他真实地活过
涂过几首小诗

蔚蓝的梦

屋挟着屋房叠着房
窗外一角蔚蓝煞是好看

我们蹲在湖底
情不自禁浮想联翩
蹬足离去那湖蓝之上

宇宙的魔方
有些什么奇思妙物
新的生命诞生何处
外星人在天际飞翔

或者是无数死者的灵魂
是否随心所欲自由自在
漂流在极乐的天国

图　像

万绿丛中一点红
这是神奇的图像
万红丛中一点绿
这是图像的倒影
万绿丛中万点红
只是一幅普通图片
但这才是事物真相

如果你在河畔
看见一个人乘舟离去
你会黯然伤神
你并不认识他
他是一个古人而已

爬　山

一些人爬山

上面的望下去

如一群小蚂蚁

往上看

也是几只蚂蚁

俯瞰脚下的山

攀缘者　气喘吁吁

双腿酸软

往上新的高峰没入云霄

你还上吗

莫非有一条上天的路

上了山顶

一条弯曲小道没入荒草

道旁牌上几个字

行人到此为止

人这辈子　只有来路

没有归途

尘世之恋（长诗）

1. 过客

大自然不朽的是石头　山岩

野兽　花草树木

都是匆匆过客

城市街区百年老屋

比熙熙攘攘往来的人恒长绵久

属于岁月固化的部分

还有石刻的纪念碑

著名的建筑物　历史遗迹有点破败

睥睨小儿蹒跚前来又踉跄老去

著名的风景区，有佛的名山

我见过佛总是紧闭双唇一声不吭

代替他诵经脱下俗服穿上僧衣的和尚

香雾缭绕　木鱼声声

假如你遇上一个开口说话的佛

定能发现他内心隐藏的秘密

2. 尘世

一个青年，凝视前方
一个年过七旬的老人
向遥远蹒跚而去
俨如地平线的尽头
越来越缩小的点

他并不知道这是自己
一个年过七旬老人
偶然驻足回望来路
瞅见一个细小的点
在岁月的风雨中变大
走近，逐渐消失

广义地说死亡就是
无限循环接力赛跑
你交出了棒
把活的权利交到他人手中
握紧，退出了比赛
由别人延续

3. 沉入一本书

在鳞次栉比的广厦高楼间

深深埋头沉入一本书
沉入一座饱读诗书的古老建筑
沉入一座寂静
在幽谧的山林小道
投下踽踽独行的身影

沉入一片浩淼的海
海底十二级的飓风
和飓风核心的静
多少年岁流逝
从蜿蜒的字迹抬头
眼冒金星颈项酸痹

踱着小小的腿在花坛
裙边闻着淡淡清香
细雨打捞一页页阴郁往事
唤起遥远童年的记忆
瞬间迸发的温馨雕刻
花枝一束无比清新

镜外一片空白
一片雪地望不到头
一只矫捷的鸟
在无边无垠的天空
在望不见的心远

4. 诗人学医

生老病死，百感交集，诗思泉涌

学医伊始

刚进教室门　心头一怔

抬头　凝眸

迎面吊一具骷髅

耻笑少女颚上轻红

解剖课桌旁

众生肃立

手握死者身上

一堆堆骨

204 块

长骨短骨扁骨

还有阔的骨盆

摆弄辨认鉴定

男女莫辨

不识 DNA

5. 远观一个女生

翅膀上的风

像一株薰衣草
然而这只是少年
一个遥远的情结

那一对年轻人
去向陌生的地方
今天，也是半路上车
我们的座位引人注目

留下温柔的体温
目送女友离去
天空下唱着歌
我是风你是翅膀
我是快乐你是舞蹈

就像我和女友
正在童年的一条河道远航
你是下着蒙蒙的雨
天宇下最好看的那朵花
月满西楼时也许
我正在一颗星上攀缘

6. 和溪水交谈

常怀想往事，心中的痛
已逝的不幸，美好不再的

年华，让生命更显高贵
男女孩坐一桌旁，曾被
桌子一角的信压得嘎嘎响
用听诊器与常规在心上丈量

孤独走在万头攒动人群中
在远方，我们用白云和蓝天
风鸣和溪水交谈，也知道
你在远山踽踽独行，嚼着
苦涩的草茎，透着温馨的气息
如镜中月、水中花

有一天长大了，满头白发
在远方一个陌生之城
周围全是陌生人
你一旦认识了她
她也一眼认出了他
不经意勾起往事记忆
才知都是从未发出的信

7. 偶过

曾经娓娓交谈的地方
阳光活泼，大方明快
我知道，在这儿
在这条河边走过无数次

我幻想分别以后
在这条小路偶然撞见你
那是我当时忌讳谈论
如今却魂牵梦萦的

秋风起心情也如此
有点惆怅，有点惋惜
路畔的一块石头
是谁坐在这儿和我
怀想着遥远的童年

8. 踏着朦胧夜色

似乎有些感应，指引
他的方向和路径
他走到了水雾氤氲岸边

那块扁圆的大石上
隐约一团模糊的裙衫
一双鞋，却看不见人影
闻不到水响，他心一惊

莫非——
女主角在选择一种
逃避人世的方式

美好的记忆和悲惨的事实
混于眼前，令人心碎，感慨万千

啊，生命的终结与人性的升华
他绝望地叹息——
然而须臾之间，他听到一阵水响
有人游过来了，还是那个谙熟的声音

9. 怀念

在蜿蜒小径
追逐翻飞的蝴蝶
迎面走过来一陌生路人
我瞥他一眼

给我做一副鬼脸
有点怪怪的表情
我寻思如何开口搭讪
他疾步走过去了

许多年过去了
许多年前的他
却给我留下一个悬念
一个解不开的死结

许多年后，在漫长人生的路途上

爱把目光投向路畔的草丛
我在猜想我独处的时候
是否会有与从前相遇的时光

我们都十分遗憾
许多亲人许多学生曾经
相识或不相识的人
不会再有相聚相知
今生今世无法再晤上一面

10. 沉思

当我在云彩中发愣
透过窗棂凝眸苦思
书写往昔时光厚重
隐秘苦涩的诗行

我怀念人生最初
与年少历经磨难
我想走到一个陌生的
台阶，纵身一跃入海
抒发一个悲悯诗人
无由释放的情愫

我身边一座旧时公园
两个老影在树荫下静坐

回忆往事似曾相识

爱人的眼神　星光

草丛中萤火若隐若现

那时的我想成为面前

那朵奔跑着开放的花

和牵着纸风筝的孩子的腿

11．另一个地球

黑夜代表死亡

白昼带来复活

太阳是生命之源

冬天连思维的毛毛虫

也会冻僵

假如，我们生长的地球

还有一个好姐妹好兄弟

假如宇宙无限幽深的遥远某处

假如我们繁衍生息的这尘世之外

有另一个活着的星球

另一个环绕空气、水的蓝色星球

阳光普照万物生长，一样

或不一样的生命和高级生物

甚至有类似的人类个体

为什么不呢

宇宙浩瀚无垠
时空绵亘无穷
也许对称的两点
孕育了两个地球
两个一样的地球分别
有一个一样的孪生姐妹
以致性情无二孪生兄弟
他去世了他接替他活着
她失恋了她代替她恋爱